자비심을 키우면

자연스럽게 마음의 문이 열리고,

그 문을 통해

다른 사람들은 물론

모든 중생과 평온하게

마음에서 마음으로 소통할 수 있습니다.

—달라이 라마의 메시지 중에서

친애하는 지구에게
Heart to Heart

소중한 지구와의 공존을 위해
마음으로 전하는 사랑과 희망의 메시지

달라이 라마 글
패트릭 맥도넬 그림
정윤희 옮김

RHK
알에이치코리아

일러두기

 기울임체 표기는 티베트어 단어를 실제 발음과 가깝게 한글로 옮긴 것입니다.

인간의 소비와 인구 그리고 과학 기술이 극단에 이르자,

대지는 더 이상 우리 존재를

침묵으로 버텨낼 수 없는 지경이 되고 말았습니다.

호주, 데인트리 열대 우림

미국, 시에라 국유림

브라질, 아마존 열대 우림

티베트고원, 대나무 숲

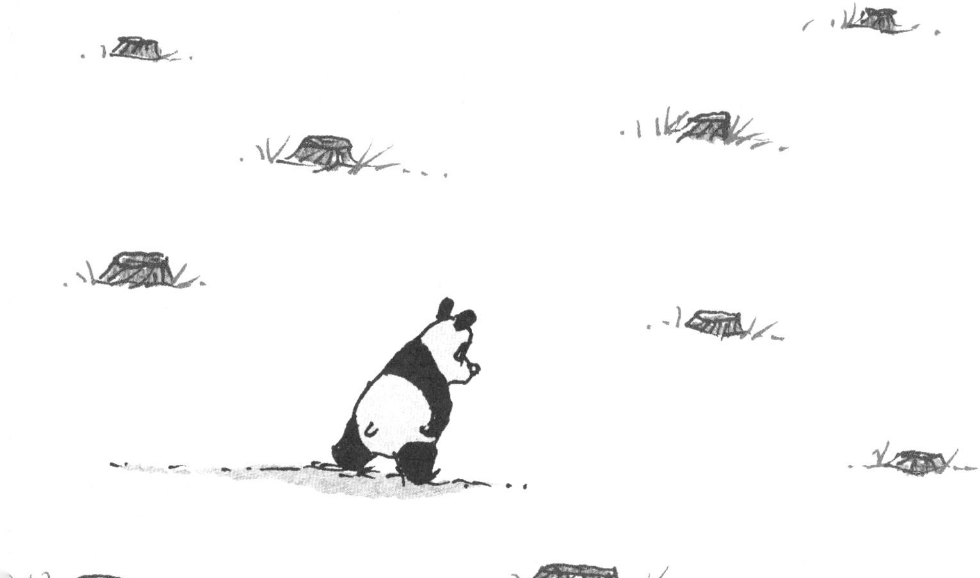

인도, 다람살라

지금, 그리고 앞으로도 영원히

보호받지 못하는 이들의 방패가 되고

길 잃은 이들의 안내자가 되고

망망대해로 향하는 이들의 배가 되고

강을 건너는 이들을 위한 다리가 되고

위험에 처한 이들의 안식처가 되고

빛을 잃은 이들의 등불이 되고

쉴 곳 없는 이들의 피난처가 되고

도움을 구하는 이들의 종복이 되겠습니다.

"똑똑"

나는 만물을 친구처럼 반깁니다.

사실 우리는 모두 같은 목표를 가지고 있어요.

누구나 행복을 원하고
고통을 겪지 않기를 바랍니다.

푸른 숲은 자연이 우리에게 준 소중한 선물입니다.
숲은 우리의 영혼을 평온하게 해주지요.

숲에서 시간을 보내며
새들의 노랫소리를 듣노라면
내면의 평화를 느낄 수 있습니다.

인간과 자연 그리고 숲의 관계는 불가분하며

오랜 세월을 함께 겪어왔습니다.

붓다의 어머니는 나무에 기대어 쉬다가 붓다를 낳으셨고

붓다는 보리수나무 아래서 깨달음을 얻으셨으며

푸른 숲이 지켜보는 가운데

나무 그늘 아래서 열반에 이르셨다고 전해집니다.

천상계에서는 푸르른 나무들이

붓다의 복덕을 내뿜는다고 하지요.

들판에 핀 야생화를 눈으로 보고 향을 음미하고
그저 머릿속에 떠올리는 것만으로도
우리는 무한한 행복을 느낄 수가 있습니다.

네 살 꼬마 시절, 티베트의 수도 라싸에 처음 발을 디뎠을 때
마치 꿈속에 있는 듯했습니다…
커다란 공원에 핀 아름다운 꽃들에 둘러싸여
은은하게 불어오는 산들바람을 온몸으로 맞으며

우아하게 춤추는 공작새들을 바라보는 기분이었다고 할까요.

뇌리에서 지워지지 않을 야생화 내음,
자유로움과 행복의 향이 가득했습니다.

누구나 생명력을 가진 존재들에 둘러싸여

살고 싶다고 생각합니다.

하루하루 쑥쑥 자라고 꽃피고 성장하는 자연이

우리 주변에 살아 숨 쉬기를 원하지요.

왜냐하면 우리도

그 자연처럼

하루하루 쑥쑥 자라고

꽃피고

성장하고 싶으니까요.

두 살의 나이로 달라이 라마가 되어

제 고향 마을 탁체르를 떠나

삼 개월 동안 티베트를 횡단했던 때가 떠오르는군요.

자연 그대로의 모습을 간직한 야생을 오롯이 느낄 수 있었지요.

야생 당나귀 캉과 야생 야크 드롱의 거대한 무리가
광대한 평원 위를 자유롭게 노니는 모습도 보았고

때로는 수줍음 많은
티베트 가젤 고와와

흰 주둥이를 가진 사슴 나와가
은은한 빛을 발하며
떼 지어 다니기도 했으며

때로는 위풍당당한
티베트 영양 초도
만날 수 있었어요.

귀여운 새앙토끼 치비가 파릇한 평원 위에
옹송그리며 모여 있는 모습을 보면서
호기심을 느꼈던 기억도 나는군요.
매우 다정한 꼬마 친구들이었어요.

저는 새를 구경하는 것을 좋아했습니다.

거친 산등성이 사이에 있는 수도원의 높은 창공 위로

품위 넘치는 수염수리 고가 솟구쳐 오르고

낭바라고 불리는 기러기들도 줄지어 날아갔습니다.

어두컴컴한 밤이면

이따금 칡부엉이 우크파의 울음소리가 들리기도 했답니다.

라싸에 있는 달라이 라마의 겨울 별궁

포탈라의 꼭대기 방에 머무를 때

어린 소년이었던 저는 수없이 많은 시간을

붉은부리까마귀 *키웅카*의 움직임을 유심히 관찰하며 보냈습니다.

달라이 라마의 여름 별궁 노블링카의 뒤편 늪지대에서는

검은꼬리두루미 트렁 트렁 한 쌍이

한가하게 노니는 모습도 종종 볼 수 있었어요.

새들의 움직임 하나하나가 제 눈에는

고상함과 우아함의 완벽한 본보기처럼 느껴졌지요.

그리고 이런 감상은

자타공인 티베트의 야생 동물의 최고봉이라 불리는

야생 곰 돔,

티베트여우 와모,

그리고 늑대 찬쿠,

아름다운 눈표범 사지크,

스라소니 테지크처럼

유목 농민들의 눈에
공포의 대상인 동물에게도 마찬가지입니다.

귀여운 얼굴을 한 대왕판다

돔트라도 마찬가지고요.

안타깝게도 이렇게 풍요로운 동물들의 모습은
더 이상 찾아볼 수 없습니다.

"우아앙!"

인간이 다른 중생들에게
엄청난 고통을 안겨주고 있다는 사실을
절대로 잊어서는 안 됩니다.

언젠가 수많은 동물 앞에 무릎 꿇고서
용서를 구하는 날이 올 수도 있겠지요.

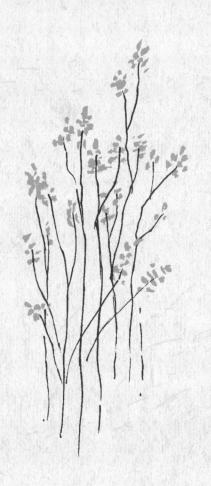

그러고 보면 지구상의 온갖 생명체 중에서
인간이라는 존재가 가장 골치 아픈 말썽꾼입니다.

확실히 그래요.

다들 알다시피,

지구를 살아가는 생명체의 생존과 평화를 위협하는 것도

인도주의적 가치에 대한 책임마저 저버리고 살아가는 것도

바로 우리 인간이니까요.

무지와 탐욕,

지구상의 생명체들에 대한 존중심 부족으로

푸르른 자연과 천연자원의 파괴를 일삼고 있습니다.

인간이야말로 지구를 멸망에 이르게 할 수 있는
어마어마한 힘을 가진 유일한 종족입니다.

하지만 인간은 지구를 멸망에 이르게 할 수도 있지만

반대로 보호할 힘도 함께 가지고 있는 셈이에요.

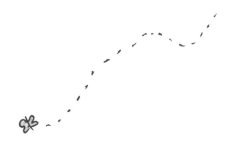

과학기술의 발전으로

지구촌이 점점 더 가까워지고 있지만

그에 비해 우리 인식은 너무나 뒤떨어진 것처럼 보입니다.

더 나은 미래를 누리고 싶다면

지금 당장 우리의 사고방식을 되짚어 볼 필요가 있어요.

먼저 우리의 본성을 깨닫고
다음으로 굳은 의지를 다진다면
우리의 마음가짐을 변화시킬
진정한 가능성을 얻게 될 것입니다.

연민과 자애, 그리고 이타심은

인간을 발전시키는 열쇠이면서

지구라는 거대한 행성의 생존을 위한 열쇠이기도 합니다.

세상의 진정한 변화는 오직

마음가짐의 변화로부터만 가능한 법이니까요.

저는 자비로운 혁명을

제안하고자 합니다.

자아에 관한 습관적인 집착에서 벗어나

근본적인 방향 전환을 요청하는 셈이지요.

우리와 연결된 모든 생명체와 함께

더 넓은 공동체로 나아가기 위한 요청이며

더불어 인간의 관심사와 다른 생명체의 관심사를

함께 깨우칠 수 있도록 하는 기회가 되어 줄 테니까요.

그런 면에서 샨티데바의 가르침에 동의하는 바입니다.

"이 세상에 존재하는 행복은

다른 이들이 얼마나 행복하기를 원하는가에 의해 좌우되며,

이 세상에 존재하는 고통은

나 자신이 얼마나 행복해지기를 원하는가에 의해 좌우된다."

지금까지 제가 보아온 수많은 이미지 중에서
가장 강력했던 것은 바로
우주에서 바라보는 지구의 모습을 담은
최초의 사진이었습니다.

어두운 심연 같은 우주에
둥실 떠 있는 푸르른 지구의 이미지,

마치 맑고 고요한 밤하늘에 뜬 보름달처럼
환하게 빛나는 지구의 모습 말입니다.

그 모습은 우리가 자그마한 집을 공유하는 가족이라는
강력한 깨달음을 주었습니다.

아름답고 푸른 이 지구는 우리의 유일한 집입니다.

이곳에 무슨 일이 벌어지게 된다면

결국 우리 모두에게 영향을 미치겠지요.

그러니 우리는 조화롭게 살아가며

타인은 물론 자연과 평화롭게 지내는 법을 배워야 합니다.

이는 그저 꿈이 아니라 우리가 마주한 현실입니다.

우리가 살아가는 집, 지구를 보살피는 것 말고

우리가 지구를 위해 책임져야 할 일이 또 어디 있을까요?

만물은 서로 연결되어 있고
불가분한 관계를 맺고 있습니다.

우리 하나하나의 안녕은
다른 모두의 안녕과 긴밀히 연결되어 있으며
우리가 살아가는 환경과도 밀접하게 연관되어 있어요.

우리의 행동과 몸짓, 말, 생각 하나하나가

소소하고 하찮아 보일지라도

결국 나 자신뿐만 아니라

만물에 영향을 미치게 됩니다.

우리는 모두 우주와 상호 밀접하게 연관되어 있으며
그 사실에서부터 보편적 책임을 나누어 지는 셈입니다.

결국 지구상의 모든 생명체는

인간이든 동물이든 상관없이,

자신만의 특별한 방식을 통해

세상의 아름다움과 번영에 보탬이 되기 위해 태어난 것입니다.

저는 더욱 행복한 세상을 만들기 위해서
모두에게 책임이 있다는 사실을 굳게 믿습니다.
우리에겐 타인의 행복에 더욱 관심을 가져야 할
궁극적인 책임이 있는 셈이지요.

다른 말로 표현하면 친절함과 자비가
지금은 부족하다는 뜻입니다.

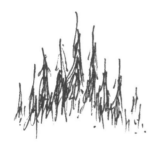
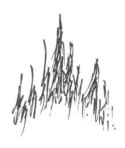

무엇보다 내적인 가치에 더욱 관심을 두어야 합니다.

인류 공동체로서 일체감도 더 키워야 하겠지요.

세상을 바꾸고 싶다면,

먼저 내 마음가짐부터 개선하고 변화시키려고 노력해야 합니다.

더 평화로운 세상을 만들기 위해서는

평온한 마음과 평화를 바라는 간절함을 가질 필요가 있어요.

따뜻한 마음은 행복과 기쁨의 원천이며

누구나 조금만 노력을 기울이면

따뜻한 마음을 품을 수 있습니다.

그보다 더 좋은 것은 지혜로움이 깃든 마음,
즉 보리심을 가지는 것입니다.

연민의 마음을 키워나가면

타인의 안녕을 위해 노력하겠다는

강력한 마음의 힘이 생기고,

그 바람을 현실로 만들기 위해서

기꺼이 나의 힘을 나누고

책임을 짊어질 수 있게 될 테니까요.

티베트에서는 그런 연민의 마음을

닝 제 첸포,

문자 그대로 해석하면

'위대한 자비'라고 부릅니다.

타인을 위해 책임을 나누어 지겠다는 마음가짐을

서서히 키워나간다면

모두가 꿈꾸었던

보다 친절하고 자비심이 가득한 세상으로

첫걸음을 뗄 수 있게 됩니다.

무엇보다 중요한 것은 바로

지금 여기, 나 자신의 마음가짐이며

그 마음을 일상생활에서 어떻게 사용할 것인가 하는 점이에요.

부정적인 마음과 부정적인 생각에서 시작되어

여러분을 불안하고 불편하게 만드는 모든 사념을 지우세요.

대신 인류와 우리가 살아가는 행성인 지구에게
유용한지 혹은 유용하지 않은지를 살피면 됩니다.

다른 이들이 행복하기를 바란다면

먼저 자비를 베푸세요.

나 자신이 행복하기를 바란다면

먼저 자비를 베푸세요.

이것이 제가 말하려는 소박한 믿음입니다.

굳이 거창한 사원을 지을 필요도 없고

골치 아픈 철학을 떠들어댈 필요도 없지요.

제가 전하고픈 신념은…

가능하면 최대한 친절을 베풀라는 거예요.

이는 언제든지 가능합니다.

자비는 우리 시대의 본질을 바꿉니다.

마치 어머니를 대하듯
세상 만물을 소중히 여기세요.

조건 없는 사랑이라는 이상을 추구하는 것이
누군가에게는 비현실적으로 비추어질 수도 있겠지요.

그렇지만 일단 한번 시도해 보라고 권하고 싶습니다.

일단 나 자신만의 이익이라는

비좁은 관념을 넘어서고 나면

우리의 마음이 강한 힘으로 가득 차오르는 것을 느낄 수 있을 테고

그때부터 평온함과 즐거움이 영원한 동반자가 되어 줄 겁니다.

그러면 모든 장벽이 무너져 내리고
결국에는 다른 이의 이익과는 상관없이
나 자신의 이익만 좇아야 한다는

상념마저 사라지게 되겠지요.

사랑과 애정, 친절과 자비가

살아 숨 쉴 수 있는 곳에서는

온전하게 유익한 행위가 나오기 마련입니다.

아무리 사소한 것이라도
우리의 행동은 결과를 불러오는 법이에요.

별것 아닌 소소한 행동이라도

수억만의 사람들이 똑같이 행한다면

그 영향력 또한 몇 곱절이 되어

어마어마한 결과를 불러오겠지요.

궁극적으로 우리는 지구촌의 가족 모두가

올바른 방향으로 나아갈 수 있도록 이끌 의무를

조금씩 나누어 지고 있습니다.

선의만으로는 부족해요.

각자의 책임을 다하는 것이 중요합니다.

그래야만 더 나은 미래를 위한 희망이 자랄 수 있습니다.

모든 건 전적으로 우리의 카르마, 즉 업에 달렸어요.

일 년 365일 중에서

아무것도 할 수 없는 날은 단 이틀뿐입니다.

하루는 **어제**이고

또 다른 하루는 **내일**이지요.

오늘은 사랑하고 믿음을 나누고 행동하고
다른 사람을 도우며 긍정적으로 살아가기에 충분한 시간입니다.

나는 이 세상 모든 존재를 위해 기도합니다.
모두가 힘을 합쳐 진정한 이해와 사랑을 통해
자비로운 세상을 만들 수 있기를 기도합니다.
그리하여 세상 모든 중생의 고통과 번뇌를
조금이라도 줄일 수 있기를 두 손 모아 기도합니다.

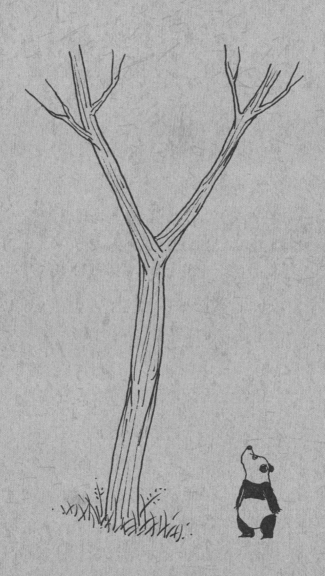

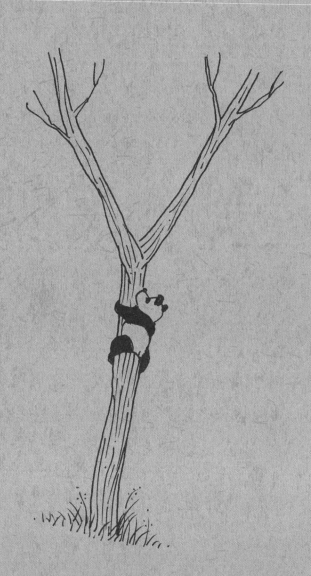

지금, 그리고 앞으로도 영원히
보호받지 못하는 이들의 방패가 되고
길 잃은 이들의 안내자가 되고
망망대해로 향하는 이들의 배가 되고
강을 건너는 이들을 위한 다리가 되고

위험에 처한 이들의 안식처가 되고
빛을 잃은 이들의 등불이 되고
쉴 곳 없는 이들의 피난처가 되고
도움을 구하는 이들의 종복이 되겠습니다.

우리가 살아가는 우주가 계속되는 동안
지구상의 생명체가 살아 숨 쉬는 동안
이 세상의 고통을 모두 떨쳐버릴 수 있도록
마지막까지 참고 견딜 수 있게 해주십시오.

"똑 똑"

나 자신과

다른 존재,

나아가 이 세상의 모든 중생이

지혜로움이 깃든 진정한 사랑과 자비를 통해

영원한 행복을 얻을 수 있기를 기도합니다.

THE DALAI LAMA
달라이 라마

우리는 매일 우리의 유일한 집, 지구라는 행성을 경시한 잘못으로 인해 벌어지는 엄청나게 충격적인 결과를 전 세계에서 목격하고 있습니다. 대지가 우리에게 보편적 책임이라는 교훈을 몸소 알려주고 있는 것이지요. 자연계에서 벌어지는 온갖 현상이 전문가들의 예측만큼 심각한 것은 아니라고 눈감고 못 본 척할 수 없는 지경에 이르렀어요. 너무 늦기 전에 연약한 지구를 보호하기 위해서 모두가 발 벗고 나서야 할 때입니다.

이 책에 등장하는 고귀한 대왕판다는 어마어마한 위험에 처한 순수한 곰입니다. 기후 변화로 인해 서식지가 사라지고 멸종될 위기에 처했습니다. 우리 역시 그 현장을 목격하고 있고요. 하지만 대왕판다나 다른 동물들과는 다르게, 우리 인간은 이런 상황을 해결하기 위해 뭐든 할 수 있습니다.

부디 이 책이 여러분, 특히 젊은 세대들의 마음과 눈, 그리고 모든 이의 가슴을 활짝 열어 우리의 생존과도 직결되는 자연환경을 향한 친절과 자비의 중요성을 느낄 수 있게 해주기를 바랍니다.

글 달라이 라마

His Holiness The Dalai Lama

티베트 불교의 영적 지도자로 1935년 7월 6일, 티베트 동부 어느 농가에서 출생하였고 두 살 무렵 티베트의 영적·정치적 지도자였던 13대 달라이 라마의 환생으로 확인되었다.

달라이 라마는 자신을 평범한 승려로 칭하며 "열여섯에 자유를 잃고, 스물넷에 조국을 빼앗겼다"고 말한다. 1950년 중국 공산주의자들이 티베트를 습격하자, 1959년 3월 인도로 망명하였다. 지금은 인도 히마찰프라데시 주의 북부 다람살라에서 지내고 있다.

달라이 라마는 평화와 자비의 메시지를 전 세계에 전하고, 지구상에 살아가는 70억 인류의 화합에 대한 중요성을 널리 알리고자 노력하고 있다. 중국으로부터 티베트가 자치권을 얻을 수 있도록 오랜 세월 비폭력 운동을 벌인 노력과 기후 변화에 맞서기 위한 윤리적 접근을 시도한 공로를 인정받아 1989년 노벨 평화상을 수상하였다.

2011년, 달라이 라마는 정부 수반 지위를 총리에게 이양하였다.

지구의 환경을 보호하기 위한 그의 메시지는 보편적 책임을 지지하는 달라이 라마의 가장 기초적 원리이기도 하다. 달라이 라마는 우리의 자손과 그 후대의 미래 세대에게 안전한 지구를 물려주기 위해서는 우리 모두의 책임이 중요하다는 점을 강조한다.

그림 **패트릭 맥도넬**

Patrick McDonnell

패트릭 맥도넬은 25년 동안 20개국의 700개의 신문을 통해서 사랑받아 온 '머츠Mutts'의 작가이다. '피너츠Peanuts'의 작가 찰스 슐츠는 그의 작품을 '영원히 사랑받는 그림책'이라고 평가했다. 그의 작품은 예술적 우수성과 동물과 자연을 사랑하고 보호하는 주제를 인정받으며 수많은 상을 거머쥐기도 했다.

패트릭 맥도넬의 작품 중 『이보다 멋진 선물은 없어』와 그림책의 노벨상으로 불리는 칼데콧 아너상 수상작이자 제인 구달의 어린 시절을 엮은 『내 친구 제인』은 뉴욕타임스 베스트셀러에 이름을 올리기도 했다. 그의 영적 지도자 에크하르트 톨레와 함께 『내 마음의 길잡이, 개와 고양이』를 발표하였고, 번역가이자 작가인 다니엘 라딘스키와 『달링, 사랑해요 Darling, I love you』를 발표하였다.

패트릭 맥도넬은 달라이 라마를 비롯하여 팸 세섹 Pam Cesak, 텐초 갸초Tencho Gyatso, 체텐 샘덥 츄카파 Tseten Samdup Chhoekyapa, 주디스 커 Judith Curr, 애나 파우스틴바크 Anna Paustenbach, 션 다히 Shawn Dahi, 로버트 맥도넬 Robert McDonnell, 헨리 던나우 Henry Dunow, 스튜 리스 Stu Rees, 카렌 오코넬 Karen O'Connell에게 감사의 말을 전하면서 모든 존재를 위해서 세상을 더욱 친절하고 안전한 곳으로 만들기 위해 노력하는 많은 이들에게 고마움을 표한다.

옮김 **정윤희**

서울여자대학교 영어영문학과 번역학 박사 과정을 마치고 부산국제영화제, 부천영화제, 서울영화제 등 다수의 영화제에 참여했다. 소니픽처스, 디즈니픽처스, 워너브라더스와 CJ엔터테인먼트 등에서 50여 편의 영화를 번역하고 KBS, EBS, 온스타일, MGM 등 공중파와 케이블 채널을 통해 200여 편의 영상 작품을 우리말로 옮겼다. 동국대, 세종대, 부산대, EBS, iMBC에서 영미 문학과 번역 그리고 통역을 강의했다. 현재 고려대 세종캠퍼스에서 번역 강의를 하면서 번역 에이전시 엔터스코리아에서 작업하고 있다.

주요 역서로는 『틱낫한 지구별 모든 생명에게 : 아름다운 행성 지구별 여행을 마치며』, 『월든』, 『비밀의 정원1,2』, 『러브 스틸러: 스탠 패리시 범죄 스릴러』, 『메리 포핀스』, 『정글북』, 『지킬 박사와 하이드』, 『렛 잇 스노우』, 『피버 드림 (펜더개스트 시리즈 6)』, 『가디언의 전설 시리즈 1~5』, 『하울의 움직이는 성 3~4』, 『저스틴 비버 : 영원을 향한 첫걸음 : 나의 이야기』, 『록스 호텔 : 피터 니콜스 장편소설』, 『실버라이닝 플레이북』, 『악어와 레슬링하기』, 『오즈의 마법사』, 『힐 하우스의 수상한 여자들 : 코트니 밀러 산토 장편소설』, 『제로의 기적 : 죽음과 삶의 최전선, 그 뜨거운 감동스토리』, 『앨리스와 앨리스: 같은 시간을 두 번 산 소녀의 이야기』, 『펄 벅을 좋아하나요?』, 『여신』, 『그리고 파티는 끝났다』, 『서약 : 우리가 두 번째 사랑에 빠진 순간』 등이 있으며, 장동건의 할리우드 진출작인 영화 『워리어스 웨이』를 번역하였다.

친애하는 지구에게

1판 1쇄 인쇄 2023년 11월 21일
1판 1쇄 발행 2023년 12월 14일

글 달라이 라마
그림 패트릭 맥도넬

발행인 양원석 **편집장** 차선화 **책임편집** 김재연
디자인 최승원 **영업마케팅** 윤우성, 박소정, 이현주, 정다은, 박윤하
해외저작권 임이안

펴낸 곳 ㈜알에이치코리아
주소 서울시 금천구 가산디지털2로 53, 20층 (가산동, 한라시그마밸리)
편집문의 02-6443-8863 **도서문의** 02-6443-8800
홈페이지 http://rhk.co.kr **등록** 2004년 1월 15일 제2-3726호

ISBN 978-89-255-7570-4(03840)

※ 이 책은 ㈜알에이치코리아가 저작권자와의 계약에 따라 발행한 것이므로
  본사의 서면 허락 없이는 어떠한 형태나 수단으로도 이 책의 내용을 이용하지 못합니다.

※ 잘못된 책은 구입하신 서점에서 바꾸어 드립니다.

※ 책값은 뒤표지에 있습니다.

Heart
to
Heart